Une carabine
dans les sardines

Loi n° 49-956 du 16 juillet 1949 sur les publications destinées à la jeunesse,
modifiée par la loi n° 2011-525 du 17 mai 2011.
ISBN : 978-2-09-255317-6
N° éditeur : 10201376 – Dépôt légal : octobre 2014
Achevé d'imprimer en septembre 2014 par Pollina (85400 Luçon, Vendée, France) - L69169B

MYMI DOINET

LES AVENTURES D'Anouk ET Benji

Une carabine dans les sardines

Illustrations de Glen Chapron

Nathan

un

Chez Momo, l'épicier

AUJOURD'HUI, c'est le 1er avril. Ça mérite que je mijote une bonne petite blague à mes parents.

– Qu'est-ce que tu en dis, Benji ?

Mon husky chéri a tout compris : il me devance dans la cuisine où je vais préparer un crumble salé.

Et un dessert farceur, un !

Il faut que je me dépêche. Maman m'a

prévenue qu'elle rentrerait tôt, juste après avoir présenté le bulletin météo, son tout nouveau boulot. Papa, lui, arrivera plus tard. Il participe à Londres au grand concours du meilleur pâtissier du monde.

Je réunis tout ce qu'il faut pour réussir mon drôle de crumble : j'ai les tomates cerises, la farine, le parmesan râpé… mais plus un gramme de beurre !

C'est parti mon husky ! Longeons la plage et filons chez monsieur Mohamed. Dans son épicerie, « Aux Mille et Un Délices », on trouve tout.

Mais ce matin, au fond du magasin, c'est la totale pagaille ! Qui a bien pu semer un tel bazar ? Je remets en pile les boîtes de galettes bretonnes tombées sur les loukoums à la rose. Ces aliments sont hyper tentants, mais inutiles pour mon crumble.

Je salue monsieur Mohamed :

– Bonjour Momo, vous n'avez plus de beurre ?

Comme toujours, l'épicier me répond en rimes :

– *Euh… bien sûr que si ma gazelle,*
j'en ai du doux et du demi-sel !

Momo farfouille dans ses étagères. Il soupire et finit par me trouver une plaquette.

Je vois bien qu'il n'est pas dans son assiette :

– Qu'est-ce qui vous tracasse, Momo ?

Monsieur Mohamed est préoccupé :

– *Quelqu'un dévalise mon magasin,*
j'en deviens zinzin !

– Vous pourriez faire un portrait-robot du voleur ?

– *Ce matin, j'ai juste vu une silhouette,*
avec un sac à provisions rouge à roulettes,
prendre la poudre d'escampette,
vers le boulevard des Mouettes !

Je comprends mieux pourquoi certains rayons sont sens dessus dessous !

Soudain, ça flaire, renifle et couine. Ça, c'est mon toutou qui se mêle de tout ! Benji est-il déjà sur un coup ? Oui ! Mon husky rapplique avec un bandana bleu imprimé de poissons enlacés. Je lui retire aussitôt le foulard de la gueule et caresse son dos :

– Bravo big brave chien, voilà un premier indice !

Puis je réconforte monsieur Mohamed :

– Comptez sur moi, je vais vous aider à trouver le coupable ! Mais j'ai besoin de savoir : que vous vole-t-on ? Des produits de luxe ? Des blocs de foie gras ? Des bouteilles de champagne ?

– Non Anouk, depuis une longue semaine,
on me chipe des boîtes de sardines
par dizaines !

Au Tilibrennou
VU À LA TV
LE GUENNEC
02 98 29 29 29

deux

Chez Colin, l'accro des concours

JE FILE À LA MAISON déposer la plaquette de beurre dans le frigo. Mon crumble attendra ! Mission d'Anouk qui démêle tout, j'ai une autre priorité : il faut que je coince au plus vite le voleur de sardines !

Benji est déjà sur le balcon à surveiller les allées et venues dans la rue ! Mais je connais un meilleur emplacement :

– Allons voir Colin. Sa chambre donne juste en face de chez Momo !

Argh ! Pendant que nous montions chez mon super copain, un camion de déménagement s'est garé devant l'épicerie. La vue est bouchée !

Pour Colin, je suis arrivée au bon moment :

– Anouk, help ! Je cale sur un nouveau casse-tête.

Colin est un fou de concours, et là, il bloque sur la question subsidiaire du grand jeu organisé par la pâte à tartiner Noisettina :

– Quels animaux ont 404 pattes ?

Quand Colin a des arêtes, je le sors souvent du naufrage ! Je réfléchis un quart de seconde :

– Ce sont les 101 dalmatiens !

Colin sourit de toutes ses dents, moins une :

– Trop forte, Anouk ! Une fois de plus, grâce à toi, je vais gagner !

– C’est quoi le gros lot ?

– Deux planches à voile. Je t’en donnerai une. Dès qu’il fera beau, on ira surfer sur les vagues !

En parlant d’eau, mon husky a l’air d’avoir soif. Je m’empresse d’aller lui remplir un bol. Là, près de l’évier, un détail attire aussitôt mon attention :

– Colin, c’est quoi cette pyramide de boîtes de sardines ?

– C'est à cause du concours «Petit Paquebot»: dans l'une des milliers de boîtes mises en vente, il y a une perle précieuse donnant droit à un voyage à Tahiti. T'imagines la semaine de rêve sous les cocotiers, Anouk?

Oh, oui! Et je commence surtout à comprendre pourquoi monsieur Mohamed se fait dévaliser: si on lui chaparde tant de boîtes de sardines, c'est sans doute pour y trouver la perle rare.

Je regarde mon bon copain: j'ai peine à croire que Colin soit le voleur. Il faut que je mette ça au clair.

– Tu comptes encore empiler combien de boîtes?

D'une phrase, Colin apaise mes craintes:

– Aucune, le concours est clos depuis avant-hier!

Ouf! Mon ami est innocent.

Colin m'invite ensuite à déjeuner. Au

menu : sardines sur du pain grillé. Il est midi et demi passé, bientôt l'heure de la météo. Je lui demande d'allumer la télé. Comme prévu, maman est à l'écran. Colin n'en revient pas :

– Waouh ! Elle est parfaite, Anouk, ta mère en Miss Météo.

Maman fait des grands gestes devant la carte de France :

– Cet après-midi, une perturbation va arriver par l'ouest, générant de fortes giboulées sur tout le Finistère.

– C'est chez nous ça ! Sortons avant le déluge, Benji !

AUX MILLE ET UN DELICES

Chez Picassoldes, le roi de la récup'

NOUS REPASSONS par l'épicerie. Près de son étalage de fruits et légumes, monsieur Mohamed se lamente :

– *Le temps d'aider un papi à traverser*
la rue, et dix boîtes de sardines
ont encore disparu !
Ça ne peut plus durer…

– Activons notre enquête, Benji, il faut trouver le voleur !

Nous courons vers le boulevard des Mouettes. Selon Momo, c'est par ce côté-ci que le chapardeur s'est enfui. Près de la benne à ordures, quelqu'un se carapate avec un sac rouge à roulettes… le même que celui décrit par monsieur Mohamed !

Celui qui tire le cabas est du quartier, c'est Picassoldes. Cet artiste est bien connu pour transformer toutes sortes d'objets en jouets et en meubles qu'il revend à prix réduits. Qu'est-il en train de trafiquer ? Il file vers son magasin, un vrai bric-à-brac.

Mon husky fonce et s’arrête net devant la vitrine.

– Tiens, tiens, Benji, qu’as-tu repéré ? Oh, bien vu, œil de lynx !

Sur la carrosserie des voitures miniatures exposées par Picassoldes, il y a les lettres de la marque « Petit Paquebot ». Et si le coupable était le roi de la récup’ ?

Fier de lui, Picassoldes s’empresse de me vanter ses dernières créations :

– Elles sont pas chères mes p’tites bagnoles, 10 euros la douzaine !

Picassoldes m'a tout l'air d'un vrai Pinocchio prêt à inventer n'importe quel mensonge ! Mais je ne suis pas du genre à me laisser embobiner.

Comme s'il lisait dans mes pensées, Picassoldes s'explique :

– Je récupère des boîtes de conserves dans les poubelles. Après les avoir lavées et séchées, je les découpe avec des pinces. Puis j'assemble les morceaux pour en faire des mini-bolides !

Pour prouver sa bonne foi, il vide son sac à roulettes, et pataclang ! Une ribambelle de boîtes vides déboule aux quatre coins du magasin. Des boîtes de sardines, mais aussi de petits pois, de maïs et de sauce tomate. De quoi construire au moins cent modèles réduits !

Il y a un os, Benji. Ce n'est pas Picassoldes le voleur de sardines !

Preuve supplémentaire : sur l'établi où il bricole, j'aperçois le journal du jour. En gros titre, *Les Dernières Nouvelles de l'Ouest* parlent d'une mystérieuse jeune chapardeuse de sardines… armée d'une carabine ! Aïe ! Qui l'eût cru ? Le voleur est une voleuse ! Et dangereuse, en plus !

– Il faut vite la retrouver, Benji, sinon Momo risque gros !

La do
Menu du jo
— entrée —
Velouté de lent
— plat

quatre

Chez « La Dorade frite », on cuisine la sardine

LES NUAGES se bousculent dans le ciel. Maman ne s'est pas trompée, on va être trempés !

– Prenons un raccourci, Benji, longeons « La Dorade frite ».

Par l'odeur alléchée, je m'arrête devant le fameux restaurant du bord de mer et regarde le menu du jour :

Entrée
Velouté de lentilles à la sardine
Plat
Lasagnes aux sardines
Dessert
Sorbet à la vanille et à la sardine

Un festin de sardines, j'hallucine !

Juste à cet instant, une fille sort du restaurant. Elle porte un tee-shirt bleu imprimé de poissons enlacés. Ce sont les mêmes motifs que sur le bandana trouvé chez Momo !

Mon husky les a remarqués lui aussi.

– Du calme, Benji, pas grogner !

Face à nous, aucun doute, il y a la petite voleuse, celle qui est à la Une dans la presse ! Heureusement, elle n'a pas sa carabine. J'en profite pour l'interroger :

– Avoue tout ! Tu chapardes les boîtes de sardines sous la menace de ton arme !

Puis tu les revends à « La Dorade frite » et à d'autres restos ! C'est malhonnête, ton affreuse combine !

La fille ouvre grand la bouche, pire qu'un mérou. Elle est suivie de ses grands-parents qui s'exclament :

– *Amazing ! Sardines are so delicious !*

Oups ! Ils ne parlent pas un mot de français. Ils sont raccompagnés sur le pas de la porte par le restaurateur qui jubile : arrivés hier dans la région, ces touristes américains reviendront. Le menu 100 % spécial poisson d'avril les a régalés…

Je reste muette comme une carpe.

– Encore une fausse piste, Benji. On mérite un triple zéro !

cinq

Chez Florie, la collectionneuse en série

JE SENS DE GROSSES GOUTTES sur mon nez.

– Rentrons à l'abri, Benji !

Nous franchissons le hall de la maison, juste au moment où la giboulée commence. Pile à cet instant aussi, le téléphone sonne. C'est papa qui appelle. Ça grésille, je ne comprends qu'un mot sur trois :

– Allô, Anouchou, peux-tu passer voir la petite chienne avant mon retour ?

Je décode: en fait, papa veut que j'aille chez l'opticienne pour y retirer sa nouvelle paire de lunettes. L'étourdi ! La veille de son départ, papa a ruiné les siennes en s'asseyant dessus.

– T'inquiète, p'pa, tu les auras ce soir !

Le pauvre ! J'espère que même sans ses lunettes, il remportera le grand concours du meilleur pâtissier. Papa est si myope qu'il pourrait confondre les blancs d'œufs avec les jaunes. Un désastre pour ses macarons !

Devancée par Benji qui cavale, je cours sur les trottoirs ruisselants, direction l'opticienne. Mademoiselle Florie consulte aussitôt son ordi :

– Les lunettes de ton père sont prêtes, les voici !

Je glisse le précieux boîtier dans ma poche en observant la boutique. L'une des

armoires vitrées est remplie de boîtes de conserves. C'est dingue, du délire ! On n'est pas chez Momo, pourquoi des sardines ici ?

L'opticienne remarque mon étonnement :

– Je suis puxisardinophile !

Quoi ? Ce nom zarbi ne me dit rien.

– Je collectionne les boîtes de sardines ! J'en rapporte à chacun de mes voyages. Certaines viennent d'Écosse, d'autres du Mexique : là-bas, on trouve les meilleures, celles au piment. Mais ce n'est pas tout, je suis également saponiphile !

– Saponiquoi ?

Mademoiselle Florie rit :

– Je collectionne aussi les savonnettes !

L’opticienne ouvre un tiroir rempli de savons multicolores. L’un d’entre eux est bleu, il sent les algues et est imprimé de poissons qui s’enlacent. Tiens, tiens, encore ce symbole. Ça m’intrigue :

– D’où vient ce savon ?

– De l’aquarium situé boulevard des Goélands, à côté de la poste, face au port.

Je ne savais pas qu’il y avait un aquarium si près.

– Fonçons-y, Benji, il y a anguille sous roche !

SOAP

12 bis

six

Chez la presque sirène

SUR LE PORCHE VOISIN de la poste, il existe bien une plaque « Les Poissons amoureux ». L'enseigne est minuscule : difficile de repérer qu'ici il y a un aquarium ouvert de 9 à 18 heures. Aucun visiteur à l'intérieur. Personne non plus à la boutique des objets souvenirs où sont vendues les savonnettes, les mêmes que celle vue chez l'opticienne. Et puis quelle obscurité, on se croirait dans une cave !

Mais au milieu de cet endroit si sombre, soudain c'est le rêve : dans un bassin bleu turquoise, je découvre un jeune dauphin. Un panneau indique qu'il a été sauvé d'une marée noire. Je retiens mon souffle : je n'en avais encore jamais vu d'aussi près ! Dans le bassin voisin, des poissons-clowns jouent à cache-cache au milieu des anémones de mer.

Face à ces merveilles, une porte est entrouverte. Qu'abrite-t-elle ? Je la pousse sans bruit.

– Vas-y, flaire, hume, renifle, mon doggy !

Derrière la porte sont empilés des seaux et des boîtes de conserves. C'est étrange, ce stock dans un tel lieu. De quoi attirer la petite voleuse si elle venait à passer par là.

Juste à cet instant, une fille me double.

Elle tient un seau rempli de poissons. Signe qu'elle travaille ici. Je la mets en garde :

– Il y a une voleuse de sardines dans le coin, fais gaffe à tes conserves !

La fille n'est pas surprise.

– Je sais.

Elle a dû lire le journal.

Je la suis. Elle s'approche d'un bassin où des raies manta forment un fantastique ballet en agitant leurs ailes, telles des capes. Puis, sans se retourner, la fille grimpe sur une échelle. Elle puise dans son seau de quoi régaler ses hôtes, tout en me parlant, toujours de dos :

– À part une famille d'Américains, tu es la seule visiteuse de la journée ! C'est la catastrophe, mes parents n'ont plus assez d'argent pour nourrir nos animaux.

Dommage qu'il y ait si peu de touristes, cet aquarium mérite vraiment le détour.

La fille se retourne enfin. Sur son tee-shirt bleu, elle porte un bandana rouge imprimé de poissons qui s'étreignent. Je l'observe :

– Il est beau, ton foulard !

– Oui, mais j'aimais mieux le bandana bleu que j'ai perdu ce matin !

Là, tout s'éclaire :

– Alors, tu… c'est toi la chapardeuse de sardines ?

– Oui, les maigres granulés ne suffisent pas, voilà l'unique solution que j'ai trouvée pour améliorer le menu de nos pensionnaires. Sinon, ils mourraient tous de faim !

Au même moment, Benji réapparaît, une carabine entre les crocs. Grrrrr, il grogne ! Je tente de le calmer :

– Tout doux, mon toutou, lâche cette arme !

En vrai, je panique : et si elle était chargée ?

La fille s'empresse de me rassurer :

– Cette carabine est en plastique. J'ai trouvé ce jouet sur la plage au milieu des algues !

Puis elle me supplie, les yeux pleins de larmes :

– Tu ne vas pas me dénoncer, dis ?

Bien sûr que non, je ne dirai rien, la petite voleuse a trop de chagrin ! Elle m'apprend qu'elle s'appelle Solenne. Ses animaux marins, c'est sa vie, sans eux, elle aurait une immense peine.

Je lui promets :

– Motus et bouche cousue !

Impossible de la quitter sans lui remonter le moral :

– J'ai la solution pour attirer un maximum de visiteurs dans ton aquarium ! Crois-moi, tu n'auras plus à dévaliser les épiceries de la région.

Et là, pour la première fois, je vois Solenne sourire.

Sur le chemin du retour, nous croisons maman. Je lui parle du dauphin et des poissons exotiques… sans cafter sur Solenne, bien sûr !

Super maman ! Elle est d'accord pour faire la promo de l'aquarium à la télé :

– En présentant ma météo, je vais inviter les gens à visiter « Les Poissons amoureux ». Qu'il pleuve ou qu'il fasse beau, il faut que cet aquarium affiche vite complet !

Quand nous arrivons à la maison, une surprise nous attend : papa est rentré plus tôt que prévu ! Il se marre comme une baleine :

– Poisson d'avril, Anouk ! Tout à l'heure, quand je t'ai téléphoné, j'étais déjà à l'aéroport de Brest.

Papa est fier de nous présenter son trophée : il a remporté une médaille d'argent.

Oh, oh ! Ça me fait penser que j'ai un crumble à cuisiner, moi ! Vingt minutes de cuisson, thermostat 7.

À la fin du dîner, je sers aux parents mon dessert… salé. Papa, en bon pro des gâteaux, est épaté :

– Succulent, tu mériterais une médaille en chocolat !

Un morceau reste au fond du plat. Je bondis de ma chaise et chuchote à Benji :

– Portons cette part à monsieur Mohamed, et informons-le qu'il n'a plus rien à redouter pour ses sardines !

L'œil aux aguets, l'épicier est en train de fermer sa boutique. Je l'apaise :

– Tenez, Momo, régalez-vous ! Et fini l'angoisse, personne ne viendra plus vous chiper une seule queue de poisson !

Monsieur Mohamed veut en savoir davantage :

– Anouk, c'était qui ce filou,
qui me dévalisait à pas de loup ?

– Ce n'était pas un voleur qui vous dérobait, mais une petite voleuse presque sirène !

Je n'ai pas révélé à Momo qu'il s'agissait de Solenne. Ça, c'est notre grand secret à Benji et moi !

Table des matières

Mymi Doinet

Comme Anouk, j'ai la chance d'avoir un monsieur Mohamed dans mon quartier. Ouvert 7 jours sur 7, rien ne manque chez lui, ni les cornichons, ni les filets de citrons. Qu'il pleuve ou qu'il fasse beau, il lui arrive aussi souvent de parler en rimes. Et puis, vous savez quoi : il ressemble trait pour trait au Momo dessiné par Glen !

Glen Chapron

Né en 1982 en Bretagne, près des Monts d'Arrée, Glen Chapron passe son bac à Brest puis part à la capitale pour étudier la gravure à l'École Estienne et accessoirement s'écraser le petit doigt sous une presse. Il intègre ensuite l'École des Arts Décoratifs de Strasbourg pour faire de l'illustration, rencontrer des gens talentueux, tomber amoureux, monter un fanzine et passer un diplôme. Aujourd'hui, il vit et travaille à Nantes où il navigue entre illustration jeunesse et bande dessinée.

DÉCOUVRE UN AUTRE TITRE DE LA COLLECTION

premiers romans

Cap sur le carnaval !

de Mymi Doinet
illustré par Glen Chapron

« Cette année, pour les vacances de février, Benji, mon husky chéri, et moi, nous sommes invités en Italie. Nonna Rosa, ma mamie, nous reçoit à Venise, dans son petit palais acquis du temps où elle était danseuse étoile. Vive le Sud ! C'est la première fois que je vais chez grand-mère en hiver. J'adore cet endroit ! Du balcon en pierre blanche de sa vaste maison, j'admire le Grand Canal qui serpente telle une anguille au pied des façades. Mamie voit que j'apprécie le panorama.

– *Tu as maison ma petite fille, j'habite une pelle ville !* »

En vacances à Venise, Anouk et Benji rencontrent un petit peintre talentueux, qui n'arrête pas de travailler… alors que c'est le début du carnaval ! Comment lui feront-ils lâcher ses pinceaux ?